Un personnage de Thierry Courtin

Loi n° 49-956 du 16 juillet 1949
sur les publications destinées à la jeunesse.
© Éditions Nathan/VUEF 2001
ISBN : 978-2-09-202162-0
N° d'éditeur : 10193058
Dépôt légal : janvier 2013
Imprimé en Italie

T'choupi
fait un gâteau

Illustrations
de Thierry Courtin

Nathan

Ce matin, au petit-déjeuner,
T'choupi a une idée :
– Maman, et si je faisais
un gros gâteau au chocolat
pour le goûter ?

– D'accord, T'choupi.
Je vais préparer
tout ce qu'il te faut.
– Surtout, n'oublie pas
le chocolat, maman !

– Tu vois, T'choupi,
il faut d'abord mettre
dans un saladier le sucre,
les œufs, la farine...
– Atchoum !
– ... Puis tu mélanges
jusqu'à ce que ce soit blanc.

– Maman, je suis fatigué.
Je crois que j'ai assez
mélangé.
– C'est bien, mon T'choupi.
Moi, j'ajoute le chocolat
et le beurre fondus...

– Et maintenant,
on remplit le moule...
– Je peux lécher le plat
alors, maman ?

– Il est très beau,
ton gâteau, T'choupi.
Je le mets au four...

T'choupi est impatient :
– Je peux goûter
pour voir si c'est cuit ?
– C'est trop tôt, mon
chéri. Le gâteau doit cuire
pendant une heure.

Un peu plus tard...
– Maman, maman,
ça y est ?
– Oui. Il m'a l'air
bien cuit. Je le mets
au réfrigérateur...

C'est l'heure du goûter.
Maman entre avec un plat :
– Voilà le gâteau au chocolat
fait par T'choupi !
Oh mais, qu'est-ce
que c'est que ce petit trou
au milieu ?

T'choupi devient tout rouge :
– C'est sûrement une souris
qui a voulu goûter
mon gâteau...
– C'est vrai qu'il est
délicieux, ce gâteau.
Bravo T'choupi !